振り子の時計

長澤ちづ
歌集

短歌研究社

振り子の時計＊目次

振り子の時計

装丁　倉本　修

双葉

撞ききたる鐘の余韻が身にうつり鳴りやまぬなり初春《はる》のことぶれ

富士見橋と名付けてのぼる陸橋に裾まで白し淑気ひく富士山《ふじ》

火のごとく赤子泣くたび咲きのぼるシクラメンその炎《ひ》かかげて

赤ん坊に対抗心見せ仔犬ユイ椅子に飛び乗り丸居をなせり

葦牙《あしかび》のごときあおみを帯びていん萌え出ずるもの乳歯にあれば

言の葉の双葉なかなか芽吹かぬを案じたる日はいま語り草

如何にして詠う心を芽吹かせん思いいる間に九歳《ここのつ》の初春《はる》

花しぼむ水仙未だ瓶に挿す葉の静けさの捨て難ければ

生命の起源

掌《てのひら》に液晶画面の海のせて揺らすよ地球に火星近き日

荒涼としたる大地の奥深く眠るとう水さぐる探査機

太陽系最大の火山オリンポス火星に聳ゆ　水ありし証《あかし》

生命の起源に触れんと未知の夢果てしなき宙に還りゆく生命

大いなる陥没増えいる地球とぞ永久凍土の凍土が融けて

眠りいし太古のウイルス目覚めぬやコロナすら人は制御できぬに

銀箔の海面どっと盛り上がる手の平の海と言えど目つむる

地平線

唐突に祖父の名留吉おもいだす海軍なれば編み物上手

愛犬家ウラジーミルの元にいる秋田犬「ゆめ」達者だろうか

つるぎたち身捨つるほどの祖国かと迷いもあらんウクライナの人も

針槐《にせあかしあ》の樹皮に食い込む蔦かずら根をもつからに宿り木ならず

境内の鉄棒低きに液かけて拭き始めたりすべり台まで

犬種名シェルティーぴたりと言い当てられ唇《くち》のほころぶ桜《はな》のほころぶ

街に出てマーカー二色買いしのみ青と黄の色あの地平線

石見銀山

千万の光線注ぐ地の上に鈴のようなる音の散りぼう

おののきてかつて聞きたるヘビノネゴザ　間歩《まぶ》を教える光るシダの葉

間歩は鉱石を採るために掘る穴

罪人のごとき監視を受けつつも銀掘りその目に誇りをもちて

毒薬の代名詞「石見銀山《いわみぎんざん》」か宜《むべ》なり銀掘り短命なるは

銀掘りの平均寿命は三十歳　五百羅漢におもかげ捜す

女らは一生《ひとよ》に三度《みたび》嫁すという銀を掘り出す男産むため

八百比丘尼《やおびくに》は妖怪ならず個にあらず女ら引継ぎ、継ぎ来たるもの

このの ち

四日後の自らの死期言い当てて父は逝きたり如月の夜を

父の死を反芻なせるいとまなくわが眼の腫瘍とその後の余波と

繃帯が取れて眼鏡が掛けられる片目のときは思考も片目

竹踏みの竹を枕に机下《きか》の犬なんだかんだとわたしの傍に

犬の時間正しく生きて十年は人の還暦まだまだ若い

呆然と聞きたりしかな還暦を迎えし頃の母の言葉を

父逝きて上の世代の失せたれば無蓋車に行く旅かこののち

亡き母の句集に答あらざるや雛の夜白き小さきを手にす

片かたのものを思えばベビーシューズ耳飾りはた妻のなき父

みどりごの爪のようなる花が咲く誰あそびしか母の墓辺で

末の子の誕生日は母の命日で真珠のような雨降らすなり

子育て歯車

地を打ちて縄跳びする児の縄追いて弛《たゆ》くなりたる犬の眼《まなこ》よ

肩上げのおろし方など聞いてくる娘に七歳《ななつ》の娘いること

育児放棄すなと祈りしこともあり子育て歯車取り敢えずかろし

すずしげな風船葛のほのあかり灯すにいたる過程を知らず

それは駄目自信に満ちた否定形実りの秋の畑《はた》過ぎるとき

父母選びし我が振袖は娘《こ》から娘《こ》へ継がれて褪せず蔦もみじせり

神域へ進みゆく足その歩ごと日も落ちゆきぬ黄落のなか

今日は雨明日畳まんと日伸ばしに衣桁の晴れ着惜しみ眺むる

花の影が花に映りてさびしかり母の忌日に花も飾らず

薪燃えて煙たき夕べあの頃の時の間《あい》より猫が出で来る

有事ならねば

マスクして帽子目深にかぶるとも連れ行く犬の君が紋章

放りたる釣糸の先に薄日差し微かきらめき合図している

釣果いずこ夕日の浜を見渡せば大き平目が岩に擬態す

二キロとう大物ヒラメ釣りあげて昂ぶる人の饒舌やたのし

くノ一の忍者か薄暮の角に居て散歩の犬と吾《あ》をおどろかす

縁先に大き親芋並べられ主《あるじ》は語る明日植え付けと

仔犬来て暁闇の語が身に添いぬ夏夜の帳《とばり》引きつつ散歩

この国が有事ならねば飼える犬ドッグフードの値は上がれども

仔犬らが老いゆくさまは卓上の桃が見るみるいたむに似たり

浜防風が砂に埋もれて這うごとし朝の目覚めの犬の腰萎え

立たんとし立てずに藻掻く後ろ肢　驚愕《おどろき》もまるごと抱きしめてやる

投げ出せる四肢がひくひく動きおり夢に何処の野原駆けるや

犬の名はユイ

生活が変わりたること人に言う夫はアイツと亡き犬呼びて

折に来てあそびたる孫　犬の死を恐れるでもなく悲しむでもなく

ゲームの小箱の中の一コマに思うや九歳死を見おろして

七歳で実父亡くしし我なれど泣きたる記憶あらずあの春

犬十四歳《じゅうし》まなこ見開きことぎれぬこの世の最後に何を見たのか

何も見てない　現実的な娘《こ》の指がやさしくユイの瞼閉ざしぬ

茶毘に付すまでの二日の亡骸をおろおろ目守るユイつめたかろ
ドライアイスや氷を敷きつめていた

犬の死の後もその餌《え》に集《たか》り来て悲しませるやあめ色の蟻よ

苦しみて死の際あげし鳴き声が耳にたまりてときに噴き出す

十キロのユイの重みをなつかしみ秋田小町を抱きかかえたり

跳び上がりフリスビーとか咥えくる芸などひとつも出来ぬ犬なり

雅駆斗《ガクト》くんのカレンのような存在が唯《ユイ》には居なくて星知らぬ犬

会長の電話口にて吠えまくり飼い犬居るを羨まれたり

足元に今も寝そべり居るごとしぽっかり開く空間のあり

水平線の彼方見つめて立つ犬のメランコリーに付き合いたりき

「朝まだき」わたしのなかで死語となる早起きユイが天《そら》にかえりて

ペットロスではなくユイ、ロスなのですまた犬飼うかの問に答えて

戦時下に置き去りにされし犬もいる餌をさがして水溜まり踏む

日常はこわれやすくて山荘のアナログ時計は進みやすくて

生地へと

無辺際の大空のもと櫂が欲し雲、雲、雲よ　波、波、波よ

遊び疲れ誰かが誰かを呼んで鳴くツッピーツッピー弥生のまほら

鳥籠の如きケージに売犬の仔犬ら生きの声あぐるなり

そぞろ神に憑かれしならね開花せる関東はなれ納骨の旅
叔母の納骨に従弟に同行

墓所ならぬ納骨堂は細長き戸棚が墓標、遺骨に見《まみ》ゆ

ポルトというお菓子がありて佐世保には　食めば少女期ぽろぽろこぼる

セーラー服の母が往還せし坂と立ち止まりたり湾見下ろして

地中深く弾薬庫あるを隠しけり芋の畑の芋の蔓葉が

ヤツデ葉の形に似ると佐世保湾針尾の瀬戸がとおくかがやく

軍港ツアーの観光船に乗らんとて走りに走る佐世保の埠頭

朱の色の救命胴衣ずっしりと重きを着せられ怖れの兆す

対岸の半分ほどは米軍基地、佐世保は未だきな臭き街

戦艦の保有数こそ国力とゆめ思わねど目の当たりにす

護衛艦「あさぎり」「むらさめ」雅語に呼び人は心のバランス保つ

ヒロシマにナガサキに市電走りおり復興は元に戻すことから

鬼畜とてかつて呼びける国の民クルーズ船よりどっと降り来る

近道の坂のぼりきて平和公園上気せる身に像仰ぎたり

汗ばみて上着一枚脱ぐ先に半跏の像が天を指すなり

逆しまに水に映れる祈念像　空差す指は地も差しており

油うく水しかたなく飲みました少女の手記を石碑はきざむ

現在ゆ螺旋状に下りゆく投下の時刻へ爆心の地へ

開き放しの被爆時計が指し示す時針の鋭角十一時二分

展示場の暗さは心を鎮静す眼《まなこ》見開き確《しか》と見よとぞ

「日本良い国紙の国八月八日灰の国」　ビラがひらひら空から撒かれ

硝子片身に刺さるともおとうとを少女は探す裸足の足で

病院も医者も薬も奪いけり漸う生きている人からも

読むほどに動悸はげしくなりゆくを『とこしへの川』明日またと閉ず

竹山広歌集『とこしへの川』

平和祈り折られし一羽、きっとそう吾が名に千の鶴がとぶのは

庭樹々の椿の黄の蕊ひしめきてわらわらとわれに問いかけてくる

無辺際の大空のもと篝欲し人間が人間を殺さぬように

人恋うる心

鳥も鳴かぬさねさし相模の炎天下人はぞろぞろ神輿に従きゆく

お囃子が聞こえて来ればツッカケで表に飛び出す何故となく

浜へ降りる神事を終えて帰りゆく神輿なればや少し疲れて

浜降祭まつり囃子の遠く聞こえ何やらわびし我が誕生日

狗尾草《えのころぐさ》手招きしている夏の道　夏の散歩を怠けし犬よ

ふわふわと床に飛びてはあそぶものその小悪魔もどこかへ去った

犬の毛の浮遊せざりてクリーンな部屋とはなりぬ　海風ぬける

ママの顔が見たいと不意に幼き声ママに抱かるに昇降機《エレベーター》のなか

浜砂の傾斜のぼれずもがく犬ひょいと抱き上ぐる大いなる腕

聞きなれぬ鳥の声して耳澄ます　古人のごとく魂かえるかと

四十九日過ぎたばかりの犬の家に保護犬譲渡会のチラシ舞い込む

新盆とは犬のことにて娘《こ》らが来て遺骨の前に長くたたずむ

うすくうすくむらさき玉ねぎスライスし母の七十路われの七十路

おとなしくユイが留守居の晩年の徒長枝のごとき私の時間

滑走路水平線へと伸びてゆき今ひとたびの人恋うる心

大いなるエネルギーを消費して空駆けりゆく原生林越え

高野山那智の滝より上に居て不遜なるかな人間というもの

上空で機体がはたと停まりおり思考停止のわが眼《まなこ》には

熊楠の家族写真に犬居たりされどキャプション猫となりおり

知らざると言うはおそろし粘菌がプレパラートにうごく不思議を

差入れの顕微鏡にて見つけたる監獄内の新種粘菌

神坂次郎著『縛られた巨人　南方熊楠の生涯』

粘菌はほこりかびとも呼ばれしよ植物と動物の間《あい》に生きいて

熊楠にも富太郎にも賢明な妻居りしこと歴史は刻め

博物学の巨星の館《やかた》の帰路の坂　出会《でくわ》す蛇の美しからず

水槽の隅に岩かと紛う魚《うお》の時を超《こ》えたるその面構え

三段壁の岬に近く立つ写真　背筋力を鍛えねばと思う

台風にかの洞窟は喚《おめ》きおらん太古の海へともどりておらん

犬の声ひと声聞こえ見上げれば蟬しぐれ朝の身をつつみたり

丸く居る遺影のユイと目が合えば鼻筋なぜて通り過ぎ行く

起き抜けのテレビ画面に澤地久枝さん高校生と戦争語る

杳か旅して

魂をくるむは和紙が相応《ふさわ》しく夏越《なご》しの邪気を祓うひとがた

二十三の骨の集まる頭蓋骨その四箇所を骨折せし夫

隣り家の解体工事の地響きが不安定なる精神《こころ》揺さぶる

騒音と埃《ほこり》っぽさと蒸し暑さと扱《こ》き混ぜ寄せる窓閉めるとも

わが家の非常時なれば非常食食べてしのげりここ二、三日

吠え癖のいまだ直らぬ犬が居て威勢よく吠え周囲《めぐり》にぎわす

力込めブラッシングをしてやれば生きとし生ける犬の弾力

海見える丘までずんずん行きたきをかえろ帰ろと道えらぶ犬

不規則に何の木の実か落ちる音　何かしきりに急き立てる音

切り株に蓋して朽ちるを防ぐわざ切り株のこえ塞ぐがごとし

夫不在の二十日目頃か蟻などが侵入してくる隊列組んで

目を凝らし見ても見逃す壺の蟻　砂糖のきらめき縫うごと動く

さびしさに芯というものあるならばのみどをくだる夜半の水にも

おくつきの草をむしれば稲子《いなご》麿《まろ》ひょいと出で来て去りがてにいる

つるくさのつる巻き戻すおくつきに父母在りし時へときへと

手桶から水を掬いて墓石《はかいし》を清めいる手のふと止まりたり

水汲みに一生《ひとよ》ついやす女《ひと》たちを想えば手桶の一杯も惜し

夫が父の享年越えたる霜月の空をとんびが輪を描き去る

父逝きて四十二年の歳月はごろんごろんと山くだり来る

神鎮め為したる帰路のフロントに没り日照り付け怒るがごとし

フロントガラス目掛け飛び来る逆光の黒きカモメに一瞬ひるむ

いにしえの海から令和へすべり込むカモメよカモメこの世は危う

ぬかるみのキャタピラの跡を飛び跳ぬるあれはカラスか輪郭おぼろ

爆発音におびえて暮らす子ら居るに何の愉悦ぞ爆発動画

ユーチューブに神田伯山聞きおれば足元の犬キョロキョロとせり

眠る前ぐずるというは犬もあり立ち居せわしく夜窓に吠えて

折節に訪いくる幼なあうごとに大きく見えたり幼く見えたり

父母《ちちはは》のひいきの菓子屋うさぎやはまだあるかしら月蝕見つつ

孫らとのゲームに勝ちをめざす夫　脳挫傷の夏ものともせずに

癒えてゆく過程というは神さびて杳《はる》か旅して帰りたる鳥

小つごもり大つごもりと経《へ》めぐるも昨日のつづきの明日にあらず

家守

あかつきの鳥居くぐれば青富士の裾まで見えて悪夢にあらず

その不在問えざる犬をともないて二礼二拍手神に祈りぬ

こんな別れあんまりだわと石蹴りて犬おどろかす暁闇の道

*

男某で救急搬送されたれば本人確認為すは妻われ

映像の負傷兵士と重なりぬ目の前の夫の鬱血せる顔

生と死のはざまを揺るるふらここを夜更けの虚空に見つめるわれは

肺以外臓器損傷あらざりと奇跡のような三日目である

骨折は全身数多

朝刊を広げいるときスマホ鳴る沖縄戦没者慰霊の日なり

爆風に撥ね飛ばされし夫の身にあらざることを救いとなすも

戦跡を訪いしは遠い過去ならずデイゴの花に無知を詫びしか

唐突な別れを突き付けられし人元首相夫人にこころニアミス

切り裂かれし事故時の着衣渡さるるビニール袋にジーンズ透けて

＊

直角に幹を曲げたる街道の松の古木に如何なる時間

路上にて容易《たやす》く首輪抜きたれば犬押さえんと汗噴きあえず

老犬は首輪外しの術覚え夏の散歩を逃れんとする

裏返しに衣着て寝む夏の夜を夢に逢えると古き伝えに

コロナ禍に在らねば日毎逢えるのに声を聞くのみ声に抱《いだ》きぬ

強制連行されしにあらぬ幸いを平和を思い独り臥す夜

雷《らい》去りて昨夜《よべ》の姉妹の遣り取りがラインに走りしこと過りたり

母われを気遣う姉妹の性《さが》の差ぞ婉曲?・直球?・瑠璃の濃淡

ばらばらに枝葉茂らす家族とも強風吹けば繁《しじ》にしみみに

家守とう名も頼もしき生き物が湯殿の窓に手足ひろげて

入浴中の玻璃戸の向こう犬が伏し長湯ゆるさずドアを引っ掻く

人も犬も疲れて夏を籠るとき大き傘なす庭の芋の葉

狗尾草《えのころぐさ》おさなに手折りてバギー押し投票所へと向かう父親

庭木には恵みの雨も廃屋の離れ気がかりいつ崩るるか

車庫脇の夾竹桃の枝葉伸び空間せばむ　腕伸ばし剪る

大輪の華のようなる舞茸に笑い込みあぐ　無量の笑い

指見つつ指輪紛失詫びる夫事故後ようやく逢えたるときに

あたらしき我らの季節は遠くない振り子時計は永遠ならず

翼はつよし

アカシアの梢に一房咲く見ればここよそこよと目に入りて来る

製材所更地になりてこの春は行ったり来たりセキレイの尾も

むらさきはななを諸葛菜と呼ぶときに亡き父顕ちぬ漢文学者

養父、長澤規矩也

羽織袴の名物先生、亡き父を語りだす人　酒席と言えど

年齢《とし》よりも翁さぶとは誉め言葉　亡父《ちち》の話題の出るはうれしく

文体をそれと知らずにまねぶわれ四月の木末に四十雀鳴く

言葉を忘れそうだという母のことばに耳を塞ぎたりし日

唐突に吠えだし部屋を出でゆきて素知らぬ顔に戻り来るユイ

死語のような店名つけてご近所にパン屋オープン「小麦の奴隷」

リビングにキーウの銃声満たす春鳥の声消す異様なる春

わが朝の目覚めに浮かぶ土饅頭《どまんじゅう》　昨夜《よべ》のニュースの老女の夫の

とぼとぼと戦禍の廃墟ゆく犬の映るもすぐに靄に消えたり

茫然と泣くためだけに座りいる広場の女暮らし奪われ

道端にころがる遺体は誰かの父誰かの夫でぼかすな現実

救出されし赤子まるまるしているに少し安堵す日本の茶の間

「征ってきます」征きて還らぬ幾百万抱える国ぞ他国事《よそごと》ならず

バンドゥーラはウクライナの民族楽器

畳みたる翼のようなバンドゥーラ母よ母よと奏でて已まぬ

バンドゥーラの六十五弦に託せるは祖国への思い精神《こころ》の波動

日本の楽曲「翼をください」を己がものとしうたう歌姫

白い翼この背に付けてと唄うとき平和をねがう翼はつよし

コンサートは茅ヶ崎の古民家で行われた

演奏の合間合間の松影にカラスの鳴くも妨げならず

三熊野の森より飛び来し裔なるや三本足のカラスならねど

戦火から漸う逃れ娘《こ》の元に来し人のこころ推しはかるべし

ウクライナに栄光あれと歌姫の母が唄いぬ番外として

3D酔いというもの押し寄せる孫のゲームを覗きていれば

桃色の小豚をひざにくつろげる家族の動画　娘《こ》の手のひらに

母われの旅の小物を気づかいて呉るる小袋　行く宛てもなきに

朝に飲む牛乳切らし買いに行く犬の散歩の財布手にして

起き抜けに夢の話をしてくるる夫は夢でも家族抱えて

残された時間は決して多くない犬とわたしに私と夫に

時は戻らず

隈ぐまに入りゆく波の執着を見つめてこころ空《くう》にもなれず

押し迫り見つかりたるは犬の癌　年明けて待つは夫の手術

おまじないほどの年越し蕎麦なれど犬にもあたう掌《てのひら》にのせ

十三歳を迎える五月を山とせん犬の傍《かたえ》に了解しあう

青春期の長き闇から抜け出せぬ娘《こ》の光とてやって来たる仔《こ》

歳晩も新年もなく軋みつつ時はころがり後戻りせず

夏の予定が延ばされ漸う夫受ける不急といえど手術は手術

院内は常と変わらぬ日常の流れ見知らぬ川のようなり

正月の境内に焚く火の勢《きお》い誘《おび》かるるごと額《ぬか》を火照らす

不規則な強弱に炎ゆらめきて波とは違う律動《リズム》を見詰む

冬枯れの梢あおあお寄生木《やどりぎ》の大きな毬を空に掲げて

この坂に差し掛かるとき吠える犬の居りしがその声この頃聞かず

家族から隠れるように隅に行くと犬の最期を語る人いて

傍らで針を使えば頤《おとがい》を上下させつつ眼に追う　可笑し

学者犬と父の在《いま》さばよろこばん帙《ちつ》の小鉤《こはぜ》を嚙み千切りしも

七日帰り妻がきらうと旅の帰路某宅に寄る　誰も咎めず

七日帰り忌みたる母に倣うにはあらねど夫の退院延ばす

ボルゾイに会えたることが今日の幸リズミカルなる歩にしばし従《っ》く

ボルゾイとは俊敏のこと余剰なきバネの利きたる四肢はずませて

元々はアフガンの山の狩猟犬　アフガン・ハウンド垂れ耳キュート

鎮めねばならざる夢をいかに秘むたとえば風の荒野駆けゆく

旧約の「ノアの方舟」に乗りしとう古代犬にて意志強き犬

タリバンとアルカイダの差を説く医師に耳傾ける人は少なく

アフガンにアフガンの知恵と歴史あり民主主義にも限界がある

水路あれば水さえあれば緑為す肥沃な大地と知ればの水路

中村医師受け入れられしは住民の自治を尊重すればこそとぞ

ウイルスから身を守るもの白きマスク　黒きブルカも身を護るもの

自我に目覚める以前の美とは強さとはブルカの奥の眼のひかりいる

＊

ＧＰＳの重みにポケット型崩れ七歳《ななつ》の孫の居場所教えて

幼児から少女に脱皮する途中濡れぬれとした切れ長の目見《まみ》

たった一人のマララなれどもつづきくる少女居ることマララに倣え

虫の挨拶

逃がしやりし閻魔蟋蟀またのぞく洗面台の鏡の脇に

窓辺にて飛蝗がいると呼ぶ声に天牛《かみきりむし》と即座に我は

ヤモリこの愛らしきカタチ小指ほど　ヤモリいつからヤモリの形

吹く風が草になったか夕暮れのえのころ草が風になったか

ああこれは塩辛トンボ目交いをゆらり飛びゆく　虫の挨拶

「赤とんぼ」は練習用の戦闘機空に映えけむあかねの色が

青葉木菟子らの巣立ちを促して巣に近づかずその厳かさ

若草の死

十八にて空君輪禍に果てにけり夕空うらうら茜色して

自転車に菜の花月を真っしぐら天空目ざし駆けゆきし君

喪明けても立ち直れないその母は娘が義理の姉と呼ぶ人

若草の死とはこんなにかなしきに曾て軍国の母と呼ばれし人ら

八十年前この日本で起きしことむざむざ死なせし若き人らを

悲嘆すら口に出来ない母たちの底なし沼のごときまなこよ

映画「おかあさんの木」を見る

帰還兵の父になじめぬ従姉いてその少女期を垣間見たりき

「日本の一番長い日」かの八・一五ヒーローなんている筈も無い

わが未生の昭和史うろうろ読みおれど女の出番一章も無し

四十万冊の図書も疎開をしたという動員されし学徒の背《せな》に

戦死者の未だ埋もるる南部の地その土をもて辺野古埋めるや

縦長の楕円に月が見えてきていよいよゆがむ此の世のことが

歩道橋は富士山を見に上る場所待宵草も片隅に生え

防砂林のフェンスに絡む蔦かずら執拗にして偏見というも

空の子供

われやすい五月の朝の空よ空　歌人《うたびと》おもい朝空仰ぐ

シャボン玉ひとつひとつが映している五月の空よ空の子供よ

コロナ禍にこわれてしまいしシャボン玉誰も持ちいん一つや二つ

ハクモクレンの花弁のごとき大マスク娘《こ》より届きぬ洗えるマスク

のぼり咲くいまだ途中の立葵三つ四つ真紅をかかげ晩春

つる薔薇のつる枝《え》の先がアーチ逸《そ》れ五月の雨にゆきどころなし

窓に薔薇這わせるのみで湧きあがる旋律ありて傍ら過ぎぬ

ただ一羽つたなく飛びゆく初ツバメひとつ肩の荷おろすことあり

「お菓子と娘」

はつなつの楠みっしりと盛りあがる鬱々として近寄りがたし

満州より葫蘆島を経て帰国せし人らの一歩は我が生れし土地

長崎県佐世保市

引揚者の艱難辛苦のその一歩見下ろす真夏の岡に生れにき

母方の祖父・伯父・叔父と海軍の或いは陸軍の軍人なれば

軍人も政治家も曾て見捨てたる海外残留日本人のこと

葫蘆島の地名も知らず生き来しを誰も咎めずただ恥じるのみ

澤地久枝著『14歳（フォーティーン）』を読む

戦時下の普遍性としての人称に「わたし」ではなく「少女」なること

満州の陸軍兵舎は赤煉瓦　灰色煉瓦に映えたであろう

満鉄の社宅も色分けされていて民族の差を知りたる少女

五族協和と言えど

スコップを肩に担ぎて登校の娘《こ》を見てその父ふかく嘆きぬ

お河童は燃えやすきとて無けなしの輪ゴムに髪を結びし少女

朝礼にて戦果を報告する生徒　時局係という役あれば

米英の歌が駄目ならフランスと歌いし歌は「お菓子と娘」

実は西條八十作詞・橋本国彦作曲

ひめゆりの女学生らもガマの日々歌いたるとぞ「お菓子と娘」

「エクレール」目にしたことも無き菓子が戦時のあこがれなりき歌ゆえ

かじりかけの林檎にぎれる十四歳に軍刀《サーベル》抜くのかロシアの兵士

歩き来る幽鬼と少女驚きぬ　軍解かれ彷徨う輝少年か

小見山輝氏　満蒙開拓青少年義勇軍の一員として十四歳で渡満

葫蘆島の海の匂いは少年に生きる希望となりて押しよす

背後から死者たちの声立ち上り来　曾ての少年少女に我らに

コロナ禍の七歳《ななつ》は誰より執拗に洗う指先、手の首までを

教室で教えられれば疑わずこの子もきっと軍国少女

狂《ふ》れるがに浜風おらぶ渚辺をけもののごとく逃げ行く帽子

辛うじて戦後の生まれうかうかと生き来しものか　海は答えず

河口近くぽつんと男、犬と居て近づきゆけば犬が飛びつく

一人《いちにん》の浜の孤独を邪魔せしか男もの憂げに犬制したり

イタリアン・グレー・ハウンド真っしぐら駆けくる駆けくる仔犬ながらも

ジャコメッティの彫刻さながら無駄の無しグレー・ハウンドの覇気に怖けぬ

はつなつの水かげろうをわたりゆく丈低き犬の鰭のごとき尾

小さく青き花咲く畑《はた》と咲かぬ畑ありけり同じ馬鈴薯畑《ばたけ》

農の娘《こ》の耳たぶのようなと喩えしは誰であったか馬鈴薯の花

笠森から佐原へ

被災せし家の根太《ねだ》なる泥ひとつ拭わざりけり目で見たるのみ

暴風雨に観音堂の扉《と》こぼつとも段《きだ》は健在空へとつづく

腹ばいて潜《くぐ》りし先に観音の在《おわ》せば娘《こ》のため安産祈る

開運とう黒招き猫を掌《て》に載せて旅のこころに求めはせざり

浜へ行く道に大きなにわたずみ海へと急《せ》くを弧状に阻む

水平線パクンと割れて呑み込みそうサーファーという海士《あま》族たちを

忠敬橋中央《なか》にし八方しるす地図水郷佐原の観光マップ

ぽっくりに緋色の晴れ着の女童と行き交いにけりこの日の幸に

流　木

歩道橋と同じ高さに水平線ひろがる海を犬と見つけて

流木の墓処《はかどころ》にて盛り上がる浜の一画へいざなわれゆく

流木にまなこのごとき窪みありて風に吹かるる海の忘れ子

獣角の如く流木からみあい怒濤は海の物の怪かくす

浜砂の家紋のごとき足型に犬の大きさ推し測りみる

見つめ来る犬の居らねば命令形声にすること一生《ひとよ》なからん

晩年はもう視野の内真っ直ぐに伴走者たる犬駆けて来る

触媒としての犬来て何か生《あ》る光か渦か夫との間《あい》に

遊牧民

退く波に攫われるなと女童に近付きゆけば陽光に消ゆ

波退きし渚に残る潮《うしお》文字水泡つぶつぶ風の高鳴り

ゲラ刷と歌稿左右に朱を入るは遊民に似ると師は詠いたり

はろばろと草食む羊を追い行ける遊牧に似る校正なすは

ゲラ刷の歌を通して覚えたる生・老・病・死・愛・恋・時事も

迎え火の門に焚くとう苧殻にて「苧」の字「芋」なら悲しかるらむ

校正に心の鎛を鞣しつつ養母《はは》の介護の日々のり越えき

空勇号

伊勢路行く単線列車の車窓にはいいねいいねと綿雲のぞく

島と島、島の間に見える島、船上のわれら瞳を凝らす

かもめ飛ぶ数より乗客の少なさよ遊覧船の水脈《みお》たたく風

遷宮のために二倍の空間が用意されいて精霊充ちる

御厩《みうまや》に空勇号《そらいさむごう》は不在なり　蒼天を駆ける白きたてがみ

古市の「麻吉旅館」は元遊郭お伊勢参りの楽しみ処

お地蔵様の涎掛けのいろ夕日色「少女像」の襟巻うかぶ

水平線

神辺《かんなべ》を地図上に先ずおとないぬ此処が本陣ここ廉塾と

廉塾＝儒学者菅茶山の私塾

本陣に嫁ぎし縁者の話する嫗《おみな》にまざまざその人の顕つ

大小の河を渡りて相模よりはるばる備後《びんご》神辺《かんなべ》の地へ

潮待ちとう自然にゆだねし時あるに「こだま」五分の待機に焦《じ》れる

海上に浮かぶ小さな黒船はあす乗船の「いろは丸」とぞ

水平線は届かぬ言葉のごと退《すさ》るわれ若く養母《はは》の悲哀知らずに

鞆《とも》の津の丁字の路地の行きどまり金銀の日矢に迷い子になる

命名に工夫凝らして薬酒成る　鞆の保命酒、伊那の養命酒

中村家女中部屋なる跳ね梯子買われ来しごとおみな子あわれ

窓の外《と》の夜の匂いを嗅ぐ犬か湿りてくろき命ひくひく

「山はぷりずむ」

校正とう他者の思考のなかにいて一日の雑事退きゆきにけり

校正にともに勤《いそ》しみし友二人睦月、弥生と逝きてしまえり

活字の「る」俯せになり寝ているは大正初年の「詩歌」の片隅

箱の中に活字収まりいし時代　植字工という職人わざあり

令和元年庭の樹木の湿り帯ぶ「詩歌」帙《ちつ》より出しっ放しで

暮鳥の「山はぷりずむ　山山山」雪片、精霊、光渦まく

暮鳥の「玻璃状韻律」愛せしは室生犀星と前田夕暮と

＊

白雨来て百合咲きいるに気づきたり線路わきなるあら草のなか

屋根に昇る役かって出て笑われぬ樋の雑草取る話なり

庖丁に皮膚一枚を切りしのみひやりと薄暮この離れわざ

伯耆へ

列《つら》なりて遡《さかのぼ》りゆく波濤《なみ》の秀《ほ》のたてがみ雄々し日野川河口

波荒き日本海沖ゆ打ち寄する粉砕されたるプラごみの砂

湘南の海ののどけさほど遠く浜辺に散歩の犬などおらず

海見ゆる傾りの墓にただ一度参りきそののち行くことはなく

天草の海

花回廊の花々われに微笑めどヘルンの石狐《きつね》に心逸《はや》りぬ

ヘルン＝ラフカディオ・ハーン

小泉八雲が松江に住みしは一年余　八雲庵にて出雲そば食ぶ

風化して目鼻おぼろな石狐ヘルン愛せしやまと顔なり

風化して欠けたる口よりのぞく牙とらえし女人の目の濃やかさ

宍道湖畔此処より眺める夕陽こそ好けれと聞きしもまだ日は高く
日没は空港に降りしときなればしみじみと見つ羽田の没り日

二〇一九、夏

山荘の食卓の上うっすらと去年《こぞ》の時間がうかびていたり

夏の梢しならせて吹く風つよし穂無平《ほなしたいら》の地名ふさわしく

夏樹々の緑の圧に押されつつ七十代はすべりだしたり

自らの葉陰を幹に映しつつ蟬一匹も鳴かせぬ炎昼

ひたひたと午睡のわれに寄せ来るは湖水のにおい犬帰り来て

汗腺のあらざる犬の呼吸《いき》あらく波うつ腹部　手を当ててみる

べうべうとこの犬吠えずや湖《うみ》に向き百年くらい前に戻りて

秋風の吹く頃の犬の鼻がしらあわれ日に焼け白くなりいる

秋の諧調

海の人海見て潮の香りかぎ山の人水の量《かさ》におどろく

車窓より猫を見つけて話殺《そ》ぐ　優先順位はゆずらざる人

濁りたる池ながら今朝は泥《ひじ》しずめうろこ雲映す　鯉よぎりたり

「越後獅子」若さにまかせ弾きいたりあの頃のわれ井の中の蛙

長唄の間あいの妙を知る母はえのころ草のやさしさをいう

言わでものことを口にし霧に濡れアレチノギクを食む牛われは

秋の指鍵盤の上におりてきて諧調ゆるく野の風を聞く

白秋

芋の葉の銀の水滴風に揺れ雨の一夜を綴りてやまぬ

水中に毬藻を回転させる風吹くかと湖畔に耳を立てたり

水澄めばスクリューの泡も玻璃の玉　永遠ならざるものを航きゆく

あぶら鮠カメラの眼には捉え得ず沼をかき消す秋の白光

狼爪《ろうそう》というもの犬にのこりいてある日触れたり悲しみの核《コア》

風止みて片削ぎの月かかる空　ひりひりとして甦るあり

銀杏落ち葉ふっくら積るその上に触媒のような月光そそぐ

秋の手にスマートフォンをひらくとき月の雫の落ちる音する

うろこ雲窓に見ながら鯛そぼろ食みこぼしたり旅の座席に

赤い鳥小鳥の歌が口を衝く　空にも地にも段差ある秋

空の大円

ひと二人死刑執行されし朝カフェオレ片手に窓辺に居たり

頂きに金の星のせ完成の聖夜の飾り　いつでもおいで

門からをころぶころぶと走り来て上がり框で遂に転びぬ

三人子の母たらんとて懸命の日々よみがえるキルトの縫目に

玉衣《ぎょくい》なる天鵞絨《ビロード》よりも柔らかく指に触れ来る犬の垂耳

つなぎいるリードではなくかなしみは首に首輪を嵌めさせること

鉄骨のホームの梁を見上げつつ守られいるか凶器となるか

出勤の鴉が朝の霜に降り靴も履かずに遠く見ている

見はるかす遠くにあれは観覧車のぼりゆく窓くだりゆく窓

潮風汲むひとつひとつの窓ならん海とつながる空の大円

老いてゆく時間のことを思わせて大観覧車凍空《いてぞら》領す

岬と鶴と

海を恋う岬の鬱と風をよむ先頭《さき》の一羽の孤独ひびかう

石本隆一＝荒崎の岬の山のひくけれど空に鶴あるとき谺せり

あとがき

この一巻は『フランス窓』につづく私の第六歌集となります。二〇二三年から遡る形でゆるやかな逆編年順に六、七年の作品を、主に「短歌研究」に発表する機会を得たものでまとめ構成しました。殊に二〇二一年七月号から二〇二三年十月号の、足かけ三年にわたる八回の三十首連載の機会を戴きましたことは、漫然と日常を詠む姿勢から、歴史的な過去を振り返り現在に思いを巡らせ、さまざまに思考する機会となり感謝しております。

歌集名『振り子の時計』は、根っからのアナログ人間の私に相応しいと思ったことと、デジタルの時間は流れるように進みますが、振り子時計は時を刻み、大事な時刻を止《とど》めることが出来ると思ったからです。長崎原爆資料館の被爆時計が十一時二分を指し続けるように……。あの時計は振り子時計でした。

前歌集を出版してから早十一年の歳月が流れこの間、実にさまざまなことを体験しました。二〇一一年から三期九年に亙り日本歌人クラブの中央幹事として機関誌「風」の編集に携わり、全国各地で活躍されている歌人の方々と間接的にまた直接会ってお話する機会などを得て、視野を広くすることが出来、何物にも代え難い体験となりました。コロナ禍の始まる寸前に任期満了となりましたので、目いっぱい活動できた時代で、七十周年記念誌編集にも携わりこれもまた幸運なことでした。思えば小さな個の力では乗り越えられないさまざまなことが身に降りかかりましたが、多くの方々に支えられて此処に至りました。

一昨年の夏には夫が輪禍に遭い生死を彷徨うこともありましたが、これも奇跡的に後遺症もなく立ち直ってくれました。医学と神に感謝するのみです。この間、精神的支えとなった三人の娘、一匹の犬に感謝したいと思います。

出版に際し、短歌研究社編集長國兼秀二氏、編集の菊池洋美さまにはあたたかな助言をいただき御礼申し上げます。結社誌「ぷりずむ」の表紙でもお世話になっている倉本修氏に、このたび歌集の装丁もお願いすることになりました。有難くとても楽しみにしております。

二〇二四年二月十四日

長澤ちづ

検印
省略

ぷりずむ叢書第二十四篇

令和六年六月十一日　印刷発行

歌集　振《ふ》り子《こ》の時計《とけい》

著者　長《なが》澤《さわ》ちづ
発行者　國兼秀二
発行所　短歌研究社
郵便番号一一二―〇〇一三
東京都文京区音羽一―一七―一四　音羽ＹＫビル
電話〇三（三九四四）四八二二・四八三三
振替〇〇一九〇―九―二四三七五番
印刷・製本　シナノ書籍印刷株式会社

ISBN 978-4-86272-768-8 C0092